Anal

Rédigée par Loanna Pazzaglia

Monsieur Ibrahim et les Fleurs du Coran

d'Éric-Emmanuel Schmitt

Profil Littéraire

ÉRIC-EMMANUEL SCHMITT

- Né en 1960 à Sainte-Foy-lès-Lyon (Lyon).
- **Quelques-unes de ses œuvres :**
  - ◦ *Variations énigmatiques* (pièce de théâtre, 1997)
  - ◦ *L'Évangile selon Pilate* (roman, 2000)
  - ◦ *Oscar et la Dame rose* (roman, 2002)

Éric-Emmanuel Schmitt est un écrivain franco-belge. Cet enseignant de formation débute sa carrière comme professeur de philosophie avant de se réorienter vers l'écriture. Auteur prolixe, il est tour à tour dramaturge, romancier, nouvelliste et réalisateur. Touche-à-tout, il ne peut s'empêcher de mêler les genres au sein de ses productions.

Son œuvre théâtrale, marquée par des succès comme *Le Visiteur* (1993) ou *Petits crimes conjugaux* (2003), reçoit très vite les louanges du public et de la critique, et est récompensée par de nombreux prix. Ses pièces sont régulièrement jouées en France comme à l'étranger.

Éric-Emmanuel Schmitt s'illustre également dans le genre romanesque. *L'Évangile selon Pilate* révèle ses talents de romancier en 2000. S'ensuivent de nombreux autres livres qui deviennent tous des best-sellers : *La Part de l'autre* (2001), *Concerto à la mémoire d'un ange* (2010), *Les Perroquets de la place d'Arezzo* (2013) ou encore *La Nuit de feu* (2015). Ses romans et nouvelles sont traduits en 43 langues et publiés aux quatre coins du monde. En outre, il a adapté certaines de ses œuvres au cinéma, ce qui a encore agrandi leur popularité. Qui pourrait en effet affirmer ne pas connaître *Odette Toulemonde* (2006) et *Oscar et la Dame rose* (2009) ?

Éric-Emmanuel Schmitt est, à l'heure actuelle, l'un des auteurs francophones les plus représentés et les plus lus dans le monde.

MONSIEUR IBRAHIM ET LES FLEURS DU CORAN

- **Genre :** roman.
- **1re édition :** en 2001.
- **Édition de référence :** *Monsieur Ibrahim et les Fleurs du Coran*, Paris, Le Livre de Poche, 2012, 96 p.
- **Personnages principaux :**
  - ◦ Momo, protagoniste principal.
  - ◦ Monsieur Ibrahim, adjuvant.
- **Thématiques principales :** l'enfance, la religion, la spiritualité, la tolérance, l'islam, le soufisme.

La genèse du roman *Monsieur Ibrahim et les Fleurs du Coran* est assez anecdotique. En 1999, Bruno Abraham-Kremer, comédien et ami d'Éric-Emmanuel Schmitt, lui raconte son voyage en Turquie, au cours duquel il a découvert une branche moins connue de l'islam, le soufisme. Durant son périple, il a notamment été impressionné par les derviches tourneurs, des moines qui prient en dansant, ainsi que par les majestueux paysages de l'Anatolie. L'écrivain, très attaché à la spiritualité, s'inspire de l'histoire de son ami pour rédiger un texte qu'il lui dédie. Il est tout d'abord monté au théâtre sous forme d'un monologue interprété par Bruno Abraham-Kremer lui-même.

Le succès étant au rendez-vous, Éric-Emmanuel Schmitt décide d'en faire un roman qu'il publie en 2001. La version romanesque est plébiscitée par la critique ainsi que par les lecteurs et est bientôt connue dans le monde entier grâce à ses traductions. Cette fable, véritable hymne à la tolérance, fait partie du cycle de l'invisible, qui comprend des récits dans lesquels l'auteur aborde le sujet de la religion, tels que *Milarepa* (1997) et *Oscar et la Dame rose*.

LA VIE D'ÉRIC-EMMANUEL SCHMITT

Portrait d'Éric-Emmanuel Schmitt.

UNE ENFANCE TOURNÉE VERS LES ARTS

Éric-Emmanuel Schmitt est né dans la région de Lyon le 28 mars 1960, au sein d'une famille athée d'origine alsacienne. Ses parents sont professeurs d'éducation physique et de grands sportifs. S'écartant de la ligne familiale, il s'intéresse très tôt aux arts. C'est la musique qui le touche en premier lieu et, à neuf ans, il prend des cours de piano et envisage déjà de devenir compositeur. Mais la littérature l'attire aussi, et ses professeurs perçoivent déjà en lui un talent certain pour l'écriture qu'ils encouragent à développer.

Alors qu'il n'est encore qu'enfant, il assiste, accompagné de sa sœur, à une représentation de *Cyrano de Bergerac* dont le rôle-titre est tenu par Jean Marais (1913-1998) à Lyon. Il est bouleversé, ému aux larmes par cette expérience et a une révélation : il annonce à sa mère que, plus tard, il veut « être le monsieur qui fait pleurer tout le monde » ! (témoignage diffusé dans *La Parenthèse inattendue*, le 28 novembre 2012)

À l'âge de 11 ans, ce passionné des histoires d'Arsène Lupin écrit son premier roman qui constitue une suite des aventures de son héros préféré. Cinq ans plus tard, il rédige sa première œuvre théâtrale pour laquelle il reçoit le prix du concours de la Résistance, organisé dans les lycées français.

UN DÉBUT DE CARRIÈRE MARQUÉ PAR LA PHILOSOPHIE

Malgré son indéniable don pour l'écriture et son amour de la langue française, Éric-Emmanuel Schmitt ne se lance pas directement dans une carrière d'écrivain. De 1980 à 1985, il étudie la philosophie à l'École normale supérieure, établissement prestigieux qui forme notamment les futurs chercheurs et enseignants. Il en ressort agrégé et docteur en philosophie. Il commence alors sa carrière comme professeur dans un lycée de Cherbourg, puis à l'université de Chambéry. Ce goût pour la philosophie sera perceptible dans chacune de ses œuvres, qu'elles soient théâtrales ou romanesques.

Au cours d'un voyage à travers le désert du Sahara en 1989, il vit une expérience mystique et prend conscience que sa vie en est changée. La spiritualité s'impose à lui : il devient croyant et curieux de toutes les religions. Il acquiert confiance en lui et un sentiment de légitimité, qui le poussent à reprendre le chemin de l'écriture.

LA CONSÉCRATION THÉÂTRALE

Il se dirige naturellement vers le théâtre et, en 1991, écrit *La Nuit de Valognes*, une pièce qui le fera connaître en France et en Angleterre. Sa création suivante, *Le Visiteur* (1993), qui met en scène un dialogue entre Freud (médecin autrichien, 1856-1939) et Dieu, constitue son premier vrai succès. Les critiques sont élogieuses et Éric-Emmanuel Schmitt remporte trois Molières en 1994 (meilleur auteur, révélation théâtrale et meilleur spectacle).

Il renonce alors définitivement à l'enseignement pour se consacrer pleinement à son métier d'écrivain dramaturge. Avec ses *Variations énigmatiques* (1996), il convainc Alain Delon (acteur français, né en 1935) de remonter sur les planches, et le public redécouvre avec bonheur l'acteur au théâtre après 28 ans d'absence ! Cette pièce fait le tour du monde, et reste, encore aujourd'hui, la pièce d'Éric-Emmanuel Schmitt la plus jouée. *Le Libertin* (1997), que Schmitt consacre à Diderot, son idole et son maître, connaît le même destin international. Le succès est tel qu'elle sera même adaptée au cinéma par Gabriel Aghion en 2000.

La même année, l'auteur acquiert la reconnaissance de ses pairs : l'Académie française lui décerne le Grand Prix du théâtre pour l'ensemble de son œuvre. Les succès sur les planches s'enchaînent avec notamment *Hôtel des deux mondes* (1999-2000), *Petits crimes conjugaux* (2003), *La Tectonique des sentiments* (2008), *Un homme trop facile* (2013) ainsi que *La Trahison d'Einstein* (2014).

En 2012, il devient directeur artistique du théâtre Rive Gauche à Paris, et, en 2015, il franchit une nouvelle étape de sa carrière en montant sur scène pour la première fois dans l'adaptation de son roman épistolaire *L'Élixir d'amour* (2014).

UNE PRODUCTION ARTISTIQUE RICHE

Parallèlement à son activité de dramaturge, Éric-Emmanuel Schmitt publie des romans. C'est avec *L'Évangile selon Pilate* qu'il connaît ses premiers succès et qu'il remporte le Grand Prix des lectrices de *Elle*. Quelques années plus tard, son recueil *Concerto à la mémoire d'un ange* (2010) reçoit le prix Goncourt de la nouvelle. À peine publiés, ses romans deviennent des best-sellers. On retient notamment *La Part de l'autre*, une biographie romancée d'Adolphe Hitler, *Ulysse from Bagdad* (2008) ou encore *Les Perroquets de la place d'Arezzo*. Dans son dernier roman, *La Nuit de feu*, l'auteur relate la transformation qu'il a vécue lors de la nuit passée dans le désert du Sahara en 1989 et son passage de l'athéisme à la spiritualité.

Curieux de tout et avide de nouvelles expériences, Schmitt multiplie les modes d'expression. Mélomane de la première heure, il consacre plusieurs textes aux musiciens qu'il admire dans un cycle intitulé « Le bruit qui pense ». Il s'attèle aussi à la traduction française de deux opéras de Mozart (compositeur allemand, 1756-1791), *Les Noces de Figaro* et *Don Giovanni*.

Il se lance également dans la réalisation de films en 2006 avec *Odette Toulemonde*, une comédie sur le bonheur avec Catherine Frot, dont la sortie en salles coïncide avec celle du recueil de nouvelles éponyme.

Il poursuit dans la voie cinématographique avec l'adaptation d'*Oscar et la Dame rose* en 2009. Il signe aussi deux opéras et le scénario d'une bande dessinée, *Les Aventures de Poussin 1er* (2013), réalisant ainsi son rêve d'enfant.

LE CYCLE DE L'INVISIBLE

En 1997, l'auteur s'inspire de sa spiritualité pour écrire *Milarepa*, un monologue sur le bouddhisme qui est d'abord créé au théâtre. Ce texte donne l'envie à Schmitt d'initier un cycle de récits mêlant enfance et religions : c'est la naissance du cycle de l'invisible.

Au fil des années, il l'étoffe de cinq autres romans dans lesquels il évoque tantôt le soufisme avec *Monsieur Ibrahim et les Fleurs du Coran*, le christianisme avec *Oscar et la Dame rose*, le judaïsme avec *L'Enfant de Noé* (2004), le bouddhisme zen dans *Le sumo qui ne pouvait pas grossir* (2009) et le confucianisme dans *Les Dix Enfants que Madame Ming n'a jamais eus* (2012).

CRITIQUES ET RECONNAISSANCE

Phénomène littéraire français, Éric-Emmanuel Schmitt connaît aussi des détracteurs. Ceux-ci estiment la structure de ses pièces de théâtre trop traditionnelle et prétendent qu'elles ne laissent dès lors que peu de place à l'interprétation. Certains philologues français lui reprochent également son succès populaire et commercial et dédaignent étudier son œuvre avec une approche littéraire.

Mais ces quelques reproches n'empêchent pas la légitimation par ses pairs et son public. Vivant à Bruxelles depuis 2002, il occupe le siège numéro 33 de l'Académie royale de langue et littérature françaises de Belgique, ayant Colette (femme de lettres française, 1873-1954) et Jean Cocteau (écrivain et cinéaste français, 1889-1963) pour prédécesseurs.

LE SAVIEZ-VOUS ?

Si l'on en croit son site officiel, un sondage du magazine *Lire* réalisé à l'automne 2004 place *Oscar et la Dame rose* au rang des livres qui ont changé la vie des Français, au même titre que La Bible, *Les Trois Mousquetaires* d'Alexandre Dumas ou encore *Le Petit Prince* d'Antoine de Saint-Exupéry. Cette reconnaissance est exceptionnelle pour un auteur vivant.

RÉSUMÉ DE *MONSIEUR IBRAHIM ET LES FLEURS DU CORAN*

MONSIEUR IBRAHIM

Paris, dans les années soixante. Depuis 40 ans, Monsieur Ibrahim est l'épicier arabe d'une rue juive, la rue Bleue. Sauf que Monsieur Ibrahim n'est pas arabe, il est musulman. Mais dans le monde de l'épicerie, « arabe » signifie ouvert de huit heures du matin à minuit, et ce même le dimanche. Et la rue Bleue n'est pas bleue non plus. Les apparences sont trompeuses...

Monsieur Ibrahim est un vieil homme et, de l'avis de tous, il l'a toujours été. Il passe ses journées assis dans son épicerie, il sourit beaucoup mais parle peu, comme un sage.

MOMO ET SES PARENTS

Moïse, dit Momo, est un jeune garçon juif de 11 ans qui vit dans un appartement de la rue Bleue avec son père, un avocat médiocre qui n'a de père que le nom tant il ne parvient pas à s'occuper de son fils ni à lui montrer le moindre signe d'affection. Le jeune garçon ne connaît pas sa mère, qui a quitté le foyer familial après sa naissance en emmenant son frère aîné Popol. Son père ne lui prête aucune attention, beaucoup trop absorbé par son travail et ses lectures, sauf pour le comparer à Popol, ce fils modèle qui semble beaucoup lui manquer, ou pour le réprimander parce qu'il dépense trop d'argent pour faire les courses.

Car c'est Momo qui s'occupe des tâches ménagères, après que son père lui a donné un peu d'argent pour acheter les boîtes de conserve qui constitueront le repas du soir. Le jeune garçon se rend donc tous les jours après l'école dans l'épicerie de Monsieur Ibrahim, qu'il chaparde pour garder un peu d'argent à mettre dans sa tirelire. Cet argent économisé lui permettra de devenir un homme. Lorsqu'il a réuni la somme de 200 francs, Momo casse sa tirelire et se rend chez les prostituées de la rue voisine, la rue de Paradis, en prétendant avoir 16 ans. L'expérience lui plaît et il continue à voler des boîtes de conserve chez Monsieur Ibrahim pour pouvoir s'y rendre à nouveau.

Cette vie, déjà pénible, prend un nouveau tournant lorsque le père de Momo se suicide. Un jour, celui-ci annonce en rentrant du travail qu'il a été licencié et disparaît le lendemain, ne laissant derrière lui qu'un mot d'excuse. La première réaction de Momo est de sauver les apparences, feindre que son père est toujours là et ne pas évoquer ce second abandon parental. Pour se prouver qu'on peut l'aimer, il entreprend la conquête de Myriam, la fille du concierge de son école, mais sans succès. Trois mois après le départ de son père, la police lui annonce qu'il est décédé, après s'être jeté sous un train à Marseille.

Peu après, la mère de Momo réapparaît, mais, lorsqu'elle se présente à lui, il prétend être quelqu'un d'autre : Mohammed et non Moïse. Sa mère n'est pas dupe, mais accepte cette situation parce qu'elle lui permet tout de même de renouer avec son fils. Lorsqu'elle lui apprend qu'elle n'a jamais eu d'autre enfant, Momo comprend que Popol était le fruit de l'imagination de son père.

MOMO ET MONSIEUR IBRAHIM

Lorsque le père de Momo était encore en vie, le jeune garçon avait un peu honte de voler Monsieur Ibrahim. Alors, pour se déculpabiliser, il se disait que « ce n'[était] qu'un Arabe » (p. 13). Un jour, l'épicier d'habitude si taiseux lui adresse la parole pour lui préciser, comme s'il avait entendu Momo penser, qu'il n'est pas arabe, mais qu'il est originaire du Croissant d'Or, en Turquie. Il va même plus loin en lui confiant qu'il est soufi. Momo, qui ne connaît pas ce terme, pense au départ que c'est une maladie avant de réaliser qu'il s'agit d'une tendance de l'islam. Il reste néanmoins intrigué lorsque Monsieur Ibrahim évoque à plusieurs reprises « son » Coran. Ces mots échangés signent le début de leur relation qui se noue peu à peu. Un jour, Brigitte Bardot vient à la rue Bleue pour le tournage d'un film et entre dans l'épicerie de Monsieur Ibrahim pour acheter une bouteille d'eau. Momo découvre alors un homme différent, chamboulé par l'apparition de la jolie actrice.

La relation entre les deux amis évolue, et Monsieur Ibrahim commence à prendre soin de Momo. Il lui donne des conseils pour escroquer plus facilement son père : resservir le vieux pain passé au four, réutiliser les sachets de thé, remplacer la terrine de campagne par de la pâtée pour chiens, etc. Il lui réapprend à sourire et à être heureux, car l'un provoque l'autre selon le vieil homme. Momo se rend compte que l'épicier a raison, le sourire améliore sa vie puisqu'il change le regard que lui portent les gens, que ce soit celui de ses professeurs à l'école ou des prostituées de la rue de Paradis. La seule personne qui y est insensible, c'est son père. Monsieur Ibrahim lui explique également comment il doit se comporter avec les femmes, comment les séduire, ce que sont l'amour et la beauté. Il lui fait découvrir les grands principes de la vie et lui ouvre la voie de la spiritualité.

Il fait également découvrir Paris au jeune garçon, qui ne connaît de sa ville que son quartier et n'en a jamais fréquenté les lieux touristiques. Il lui achète de nouvelles chaussures et l'invite à passer quelques jours avec lui en Normandie. Momo, qui vient d'être abandonné par son père, accepte avec joie. Lorsqu'il apprend le suicide du père de l'adolescent, Monsieur Ibrahim propose d'identifier lui-même le corps, pour éviter cette épreuve à Momo.

Le jeune garçon demande alors en plaisantant à Monsieur Ibrahim de l'adopter et celui-ci accepte, lui promettant de l'emmener découvrir sa terre natale en Turquie. Momo commence à l'appeler « papa » et l'épicier « mon fils ».

MOMO ET LA SPIRITUALITÉ

Monsieur Ibrahim achète une voiture et, Momo ayant appris à conduire, ils prennent la route vers le Croissant d'Or. Pendant le voyage, ils empruntent les petits chemins pour voir le monde et les différents lieux de culte. Monsieur Ibrahim lui apprend à distinguer à l'odeur une église, un temple orthodoxe et une mosquée. Il l'emmène aussi dans un tekké, un monastère où les derviches dansent en tournant sur eux-mêmes pour prier. Momo tourne avec eux, ce qui lui permet de se libérer de toute la rancune et de la tristesse qu'il a gardées en lui.

Le vieillard réalise son rêve en retournant dans son pays natal et en montrant à son jeune fils sa religion, le soufisme. Mais, alors qu'ils ont atteint sa « mer de naissance », Monsieur Ibrahim meurt des suites d'un accident de voiture.

De retour à Paris, Momo découvre que Monsieur Ibrahim lui a légué son argent, son épicerie et « son » Coran, qui contient deux fleurs séchées et une lettre d'un ami.

Momo, devenu adulte, renoue avec sa mère et devient à son tour « l'Arabe » de la rue Bleue.

L'ŒUVRE EN CONTEXTE

GENÈSE

Le récit tire son origine de l'amitié qui unit Éric-Emmanuel Schmitt et le comédien, metteur en scène et dramaturge français Bruno Abraham-Kremer. Ce dernier fait un voyage en Turquie qui le bouleverse, et, à son retour, il raconte à son ami sa rencontre avec des moines soufis et leurs prières dansantes. Au fil de la conversation, les deux hommes évoquent avec émotion l'Orient, la Turquie et l'islam, et en viennent à la conclusion qu'ils souhaitent mettre un peu de lumière sur « cette belle mystique musulmane », si peu connue en Occident (SCHMITT (Éric-Emmanuel), *Monsieur Ibrahim et les Fleurs du Coran. Présentation, notes, questions et après-texte établis par Josiane Grinfas-Bouchibti*, Paris, Magnard/Classiques & contemporains, 2004, p. 105).

Les amis se remémorent également leur histoire familiale personnelle et leur enfance, marquée chacune par la figure rassurante du grand-père. Schmitt est touché par le témoignage de son camarade et lui fait la promesse d'écrire pour lui un texte qui reprendrait ces thèmes si chers à leur cœur.

> « J'ai eu une enfance très heureuse, mais je suis entouré de gens qui ont été mal-aimés, dont je connais bien les histoires. Celle de Momo a été très largement inspirée par l'acteur auquel j'ai dédié ce texte, Bruno Abraham-Kremer. L'histoire de Popol, c'est la sienne, ce frère modèle dont on lui parle sans cesse, qui était mieux que lui, mais qui est parti, tandis que lui était là. » (SCHMITT (Éric-Emmanuel), *ibid.*, p. 5)

Promesse tenue ! Le texte *Monsieur Ibrahim et les Fleurs du Coran* voit le jour en 1999 après une rédaction très rapide et fluide. L'écrivain explique d'ailleurs que ce récit résonnait en lui depuis longtemps : une semaine lui a suffi pour le coucher sur le papier !

Bruno Abraham-Kremer est le premier à découvrir le texte et en est très ému. Éric-Emmanuel Schmitt lui propose alors de se l'approprier et d'en faire un monologue pour le théâtre. *Monsieur Ibrahim et les Fleurs du Coran* est donc d'abord présenté au public sous la forme d'une pièce mise en scène et interprétée par Abraham-Kremer, en décembre 1999.

À ce moment, l'auteur n'a pas plus d'ambition pour son texte, qu'il pense garder dans une sphère intime. Mais, vu l'engouement qu'il suscite à la fois sur son entourage et sur le public, il décide de le publier en 2001, ajoutant un titre à son cycle de l'invisible, alors uniquement composé de *Milarepa*.

PARIS ET L'IMMIGRATION

C'est dans l'histoire récente du xxe siècle qu'il faut chercher les éléments de contexte de ce récit. Il se déroule en grande partie dans le Paris des années soixante, et plus précisément dans la rue Bleue et la rue de Paradis. À cet endroit vivent à l'époque principalement des juifs, mais aussi quelques chrétiens et musulmans.

Les vagues d'immigration successives vers la France après la Première Guerre mondiale (1914-1918) font cohabiter dans le ixe arrondissement de la capitale des individus de nationalités et de convictions religieuses différentes : Arméniens, Juifs d'Europe et Maghrébins notamment.

Durant les années soixante, la communauté juive, présente sur le sol français depuis plusieurs siècles, mais disséminée lors du génocide de la Seconde Guerre mondiale (1939-1945), se relève doucement de cette horreur. Elle est renforcée par l'exode des Français d'Algérie, les célèbres pieds-noirs, des familles notamment juives qui se sont installées en Algérie pendant la colonisation française du pays et qui sont désormais contraintes de regagner l'Hexagone à la suite de la guerre d'Algérie (1954-1962) et de la proclamation de son indépendance (1962).

L'immigration turque vers la France débute à peu près à la même période. En plein essor économique, de nombreux pays européens manquent de main-d'œuvre. Des Turcs d'Anatolie, désireux de fuir leur pays après le coup d'État militaire de 1960 et de trouver une vie meilleure, font le voyage pour travailler dans les entreprises françaises. Une dizaine d'années plus tard, leur famille les rejoint en France.

C'est dans le cadre de cette multiculturalité, à la fois géographique et spirituelle, qu'Éric-Emmanuel Schmitt place son récit. Il a d'ailleurs lui-même vécu rue Bleue et constitue donc un fidèle témoin de cette paisible et enrichissante mixité.

À LA DÉCOUVERTE DU SOUFISME

Éric-Emmanuel Schmitt est un homme érudit, un philosophe admirateur de grands penseurs comme Diderot et Pascal (1623-1662), curieux de connaître le monde qui l'entoure, mais aussi de le faire connaître. Depuis sa nuit mystique, l'écrivain étudie les religions et toutes leurs ramifications.

En considérant l'islam, il découvre le soufisme et s'y intéresse bien avant que son ami Bruno Abraham-Kremer ne lui en parle. Un jour, un proche lui offre l'œuvre de Jalal al-Din Rumi (1207-1273), un poète soufi fondateur de l'ordre des derviches tourneurs, qu'il trouve magnifique. Il lit les textes des soufis et approfondit sa connaissance de cette branche ésotérique de la religion, dans laquelle l'amour de Dieu et des hommes prévaut, et où les prières se font en dansant et en cherchant une forme d'extase.

| Cérémonie du *samā*.

Dans ses lectures, l'écrivain croise le personnage de Nasreddine le Fou, une des figures de la tradition orale arabo-musulmane. Il est séduit par les aventures de ce sage qui est à la fois sot et malicieux, et qui transmet sa sagesse de manière drôle et légère.

ANALYSE DES PERSONNAGES

MOÏSE, DIT MOMO

Momo est un jeune garçon âgé de 11 ans, livré à lui-même. Sa mère l'abandonne alors qu'il est encore un nourrisson et son père dépressif, unique parent qu'il connaît, ne joue pas son rôle et ne lui apporte pas la tendresse et l'affection dont il a besoin. Il n'a pas d'autre proche, sauf un frère modèle qu'il ne connaît pas, Popol, né de l'imagination de son père pour justifier son désintérêt à son égard et le dévaloriser, ce dont il prend connaissance durant le récit.

Cet enfant, qui franchit le pas de l'adolescence, a perdu l'innocence caractéristique de cette période de la vie, et doit faire face à de nombreuses responsabilités pour son âge. Son père le charge en effet de faire les courses, le repas, le ménage et de veiller à l'équilibre du budget familial. Même si Momo n'évoque pas son enfance, le lecteur se doute qu'elle n'a pas été heureuse et c'est sans doute une des raisons qui justifient qu'il veuille devenir un homme au plus vite, comme pour en finir avec cette période difficile.

Il vit dans un environnement froid, sombre et solitaire, mais il ne se laisse pas abattre. Son caractère fort et son impulsivité le poussent à vouloir grandir et à connaître les femmes. C'est d'abord dans les bras des prostituées de la rue de Paradis et ensuite, à son grand étonnement, auprès de Monsieur Ibrahim qu'il trouve de la chaleur humaine.

Sa force de caractère l'aide également à surmonter l'épreuve du départ de son père. Loin de baisser les bras, il pense aussitôt à une solution pour sauver les apparences et revend les livres de l'impressionnante bibliothèque paternelle à des bouquinistes pour s'en sortir financièrement.

Sa rencontre avec le vieil épicier sera un élément déclencheur dans son évolution. Monsieur Ibrahim lui accorde de l'attention et lui porte de l'amour, alors qu'il était persuadé que personne ne voulait l'aimer, pas même ses propres parents. Le vieux sage commence par lui apprendre à sourire et l'aide ensuite avec sagesse et humour à se défaire de ses souffrances.

Momo est juif, mais il ne sait pas très bien ce que cela signifie ; personne ne le lui a jamais expliqué. Son père adoptif lui parle alors des religions, de ce qu'elles peuvent apporter et des grandes similitudes qui existent entre elles. À son contact, Momo apprend la tolérance et la spiritualité et découvrir le soufisme.

Le personnage évolue psychologiquement lorsqu'il prend conscience que les prières dansantes qu'il fait avec les derviches tourneurs lui permettent de pardonner à ses parents et à son frère imaginaire, à qui il en veut beaucoup, et d'enfin trouver la paix intérieure.

La fin du récit le montre en adulte épanoui : il a fondé une famille et a accepté sa mère dans sa vie. Il suit les traces de son maître, dont il a repris l'épicerie et le titre d'« Arabe » de la rue.

MONSIEUR IBRAHIM

Éric-Emmanuel Schmitt s'est inspiré de son propre grand-père pour peindre Monsieur Ibrahim. Celui-ci était un artisan bijoutier, et l'auteur se souvient de l'avoir souvent observé dans son atelier, alors qu'il travaillait assis sur un tabouret, immobile pendant des heures. « Ses phrases étaient toujours brèves. Il disait des choses intelligentes, mais simples, qui sortaient du cœur. Il avait toujours l'air de s'émerveiller. Il voyait la beauté du monde. » (SCHMITT (Éric-Emmanuel), *ibid.*, p. 5-6)

Dans le récit, le personnage d'Ibrahim devient le père adoptif de Momo, mais leur relation peut aussi être comparée à celle d'un grand-père avec son petit-fils.

Le lecteur connaît très peu de choses de sa vie. Il est présenté comme l'épicier de la rue Bleue et les quelques autres informations disponibles à son sujet sont distillées au cours du récit : il est musulman soufi et non arabe ; il vit en France depuis 40 ans ; il est originaire de la région du Croissant d'Or en Turquie et il a une femme. Même lors de ses discussions avec Momo, il semble peu enclin à s'épancher sur sa vie et son histoire.

On devine une grande solitude dans la vie du vieil homme. Sa rencontre avec Momo lui est donc salutaire autant qu'au jeune garçon. Les deux personnages se soutiennent mutuellement : Monsieur Ibrahim devient le guide de Momo et auquel il apprend la vie, tandis que l'adolescent l'accompagne pour son dernier voyage. L'acte d'adoption est d'ailleurs symbolique : il permet de lier officiellement ces deux personnes qui se sont trouvées.

Le trait le plus caractéristique de Monsieur Ibrahim est sa spiritualité : il est musulman, adepte du soufisme et envisage la religion avec son cœur. C'est la raison pour laquelle il évoque souvent « son » Coran. Il fera découvrir à l'adolescent ce qu'est le soufisme et sa vision des choses.

Dès leur premier échange, Monsieur Ibrahim fait preuve de bienveillance à l'égard de Momo et le prend sous son aile. Comme un grand-père toujours souriant, il apaise la fureur du jeune garçon. Il prend soin de lui spontanément, devient son conseiller avisé et lui enseigne le bonheur, la force du sourire, la beauté, l'amour et la tolérance. Il fait figure de sage, mais, comme le personnage de

Nasreddine le Fou, il possède également un côté subversif : il apprend notamment à Moïse comment soutirer de l'argent à son père et lui donne des conseils pour gagner du temps avec l'assistante sociale.

Sa personnalité se révèle lors du voyage vers sa terre natale. Le lecteur découvre un homme poète, qui veut apprécier les beautés du monde, les contempler, préférant emprunter les petits chemins pour atteindre son objectif. D'ailleurs, selon lui, la lenteur est le secret du bonheur.

Les dernières clés pour cerner ce personnage sont données à la fin du récit. Monsieur Ibrahim évoque un ami, Abdullah, qu'il n'a pas vu depuis des années. Et ce n'est qu'au moment de mourir qu'il confie à Momo que sa femme est décédée il y a très longtemps et qu'il l'a toujours aimée. Il meurt de manière paisible, certain de rejoindre l'immense.

Dans « son » Coran, Momo trouve ce qui constitue la spiritualité de Monsieur Ibrahim : une lettre de son ami et des fleurs séchées. L'auteur s'en explique : « Son Coran, c'est autant le texte que ce que Monsieur Ibrahim y a lui-même déposé, sa vie, sa façon de lire, son interprétation. » (« *Monsieur Ibrahim et les Fleurs du Coran* », in *Eric-Emmanuel-Schmitt.com*)

ANALYSE DES THÉMATIQUES

LA RELIGION

La spiritualité

La spiritualité est sans doute le thème principal de ce récit. Éric-Emmanuel Schmitt y développe sa propre vision au travers du discours et de l'attitude de Monsieur Ibrahim. Au-delà de la croyance en une religion et l'application irréfléchie de ses règles et principes, la spiritualité doit être envisagée individuellement ; chacun doit donc se l'approprier. Il s'agit dans ce cas de l'islam, mais cette vision des choses peut être appliquée à n'importe quelle autre religion.

> « La spiritualité ne consiste pas à répéter mécaniquement les phrases à la lettre, mais à en saisir le sens, à en comprendre l'esprit, les nuances, la portée... La spiritualité vraie ne vaut que par un mélange d'obéissance et de liberté. » (*id.*)

Monsieur Ibrahim n'a de cesse de répéter à Momo qu'il sait ce qu'il y a dans « son » Coran. L'utilisation du déterminant possessif montre bien le rapport qu'il entretient avec le livre sacré : il est musulman, croyant, mais il a développé sa propre version du livre sacré des musulmans. Les fleurs du Coran, données en indice dans le titre du récit et que Momo retrouve séchées à l'intérieur de l'exemplaire de Monsieur Ibrahim, représentent cette métaphore. Elles suggèrent l'épanouissement au sein même de la religion.

La spiritualité est aussi abordée à travers le personnage de Momo. Il est juif sans comprendre vraiment ce que cela signifie. Quand il questionne son père à ce propos, celui-ci lui répond qu'il ne croit pas en Dieu, et qu'être juif, c'est avoir une mauvaise mémoire, faisant ainsi référence à l'Holocauste. La judaïté ne représente pour lui qu'une caractéristique historique, rien de plus ; du moins, c'est ce qu'il semble indiquer à son fils.

Ce n'est qu'au contact de Monsieur Ibrahim que l'adolescent comprend la notion de spiritualité, qui va beaucoup plus loin que la simple identité religieuse ou culturelle d'un individu, et qu'il peut dès lors commencer à développer la sienne.

Le soufisme

Comme il est précisé dès les premières pages du récit, Monsieur Ibrahim est bien musulman, mais pas Arabe, car il est né en Turquie dans la région du Croissant d'Or. Il est adepte du soufisme, un courant mystique qui s'est développé à l'intérieur de l'islam au VIIIᵉ siècle.

Le terme soufi vient de l'arabe *ṣūf* qui désigne la robe de laine blanche que portaient les premiers représentants de cette tendance mystique. La nuance principale qui existe entre l'islam et le soufisme est que ce dernier ne suit pas l'orthodoxie musulmane et se base plutôt sur les interprétations du Coran. La doctrine musulmane implique une application stricte des règles, alors que les soufis utilisent les sentiments pour pouvoir entrer en contact avec Dieu, qui reste inaccessible selon l'islam puriste. Les soufis prônent l'amour, la compassion et le renoncement aux biens matériels. Cet ascétisme, ils le pratiquent pour atteindre un état supérieur.

Ibrahim incarne ces valeurs. Il aborde la vie avec beaucoup de recul et de sagesse et apporte son aide et sa tendresse au jeune garçon. L'épisode de sa mort est significatif. Alors que Momo pleure en découvrant son père adoptif à l'agonie, ce dernier est paisible et le rassure même. Monsieur Ibrahim meurt en sage : il n'a pas peur de la mort, ce n'est pour lui qu'une étape à franchir vers la voie spirituelle.

Momo le comprend et vit ensuite une période mystique pendant laquelle il se détache de tout aspect matériel et fait l'expérience de la mendicité.

Dans le récit, Monsieur Abdullah, l'ami d'Ibrahim, cite le soufi Rumi (Jalal al-Din Rumi). Ce mystique et sage ayant vécu au XIIIᵉ siècle avait un ami bijoutier auquel il était très lié. Un jour, en entendant le bruit du marteau contre l'or qu'il assimile à une musique, il croit percevoir une invocation du nom d'Allah et commence à danser dans l'atelier artisanal. Cette danse provoque en lui une grande émotion qu'il transmet plus tard à ses disciples, qui forment bientôt l'ordre des derviches tourneurs. Leur danse rituelle, appelée samā, rappelle le mouvement d'une toupie : elle consiste à tourner sur soi-même les bras écartés, une main orientée vers le ciel et l'autre vers le sol, au rythme d'un tambour. Cette forme de prière permet à ses pratiquants de se rapprocher de Dieu et d'atteindre le bonheur.

Un passage du roman évoque cette danse que Momo découvre au tekké, une sorte de monastère soufi. Monsieur Ibrahim l'initie en lui expliquant que c'est une manière de se détacher des contraintes terrestres pour libérer son esprit. Éric-Emmanuel Schmitt montre les effets que la danse provoque sur le personnage : elle est libératrice puisqu'elle lui permet d'évacuer la tristesse et la rancune qu'il éprouve à l'égard de ses parents, enfouies au plus profond de lui.

L'islam et le judaïsme

Monsieur Ibrahim et les Fleurs du Coran est un hymne à la tolérance, et c'est intentionnellement que son auteur y raconte l'amitié entre un jeune juif et un vieux musulman. À l'heure actuelle, difficile de penser aux uns et aux autres sinon comme des ennemis dans le conflit qui oppose Israël et la Palestine. Mais, en passant outre les enjeux politiques internationaux et le rabattage médiatique, le constat est que cette situation catastrophique ne concerne qu'une partie des juifs et des musulmans du monde et ne constitue donc pas une généralité, comme le précise Éric-Emmanuel Schmitt :

> « [...] Juifs et musulmans vivent ensemble et s'entendent très bien depuis des siècles ! Dans les pays du Maghreb, [ils cohabitent] non seulement, mais se sentent plus proches entre eux que d'un cousin européen. En Occident, dans certaines grandes villes, comme ces rues parisiennes que j'évoque dans le texte où j'ai moi-même vécu, il y a aussi un vrai voisinage harmonieux, enrichissant, une solidarité qui s'exprime au-delà des différences. » (SCHMITT (Éric-Emmanuel), *ibid.*, p. 103)

Les religions monothéistes que sont l'islam, le judaïsme et le christianisme possèdent une racine commune indéniable. Elles sont sœurs. Cette parenté, qui n'a pas pu empêcher les conflits religieux, n'échappe pas à Momo lorsqu'il découvre qu'Ibrahim est circoncis, tout comme lui.

L'auteur joue de cette proximité notamment dans le choix de doublets pour les prénoms des personnages, qui évoquent des figures importantes dans l'histoire de chaque religion. Ainsi, Ibrahim est à rapprocher d'Abraham qui joue un rôle clé dans le judaïsme ainsi que dans le christianisme et qui représente un prophète dans la religion islamique ; à l'instar de Mohammed qui correspond à Mahomet et à Moïse, qui est également le premier prophète du judaïsme. Tandis que le personnage de Myriam renvoie à Marie, également présente dans les trois religions.

En outre, les peuples juif et musulman ont tous deux connu la stigmatisation et la persécution à des époques distinctes. En effet, la peur de l'autre a souvent déclenché des vagues de haine et de racisme qui ont provoqué les pires atrocités.

Avec ce récit, l'auteur souhaite donc montrer que cet autre n'est pas si différent de nous, et donner une image positive des religions, et surtout de l'islam dont la foi est trop souvent entachée par les extrémismes.

LA PHILOSOPHIE

Monsieur Ibrahim et les Fleurs du Coran peut être envisagé comme un conte philosophique. Il met en exergue les valeurs que sont la tolérance et la fraternité, et s'interroge sur le sens de la vie et la recherche du bonheur. Par exemple, lors de leur voyage vers le Croissant d'Or, Ibrahim et Momo traversent de nombreux pays, aux paysages et aux coutumes différents. Mais l'auteur ne s'attarde pas sur la description de tous ces éléments qui ne servent en réalité que de prétexte à la réflexion philosophique et poétique du vieil épicier.

Les apparences et la mort

Le mystère et l'incertitude font partie de la vie et, sans pouvoir les éliminer, il faut les accepter et apprendre à en faire des certitudes, même si ces éléments ne représentent pas la réalité ou jouent avec l'identité des personnes. Ainsi, la rue Bleue est jolie, mais elle n'est pas bleue. Monsieur Ibrahim est pour tous l'Arabe de la rue, alors qu'il est musulman. Momo prétend s'appeler Mohammed lorsqu'il rencontre sa mère, et non Moïse. Même Popol, son frère aîné, est une fiction. Les apparences sont trompeuses. Mais il s'agit là de la seule vérité que l'on connaisse.

La mort inévitable, thème récurrent de l'œuvre de Schmitt, est présente à plusieurs reprises dans le texte. Elle est d'abord évoquée à travers le suicide du père de Momo. Cet événement est traumatisant pour le jeune homme : il est en colère et ne comprend pas que son père ait intentionnellement choisi de mourir. Monsieur Ibrahim intervient pour l'aider à surmonter cette épreuve et à l'accepter. Il lui explique que son père ne pouvait plus supporter sa trop lourde mémoire juive et la culpabilité de vivre, alors que sa famille avait péri dans les camps de concentration. Il tente de soulager Momo en lui faisant comprendre le geste de son père.

La fin du récit vient contrebalancer cette vision de la mort puisque puisqu'elle montre qu'elle peut être un moment heureux et émouvant. Avant de s'en aller, Monsieur Ibrahim fait le bilan de sa vie et il s'en montre satisfait : il a bien vécu (grâce à son épicerie), longtemps, a connu l'amour (avec sa femme), l'amitié (avec Abdullah) et a trouvé un fils (Momo). Il a fait le bien autour de lui et part donc apaisé.

LES RELATIONS HUMAINES

La paternité

Moïse a deux pères et entretient des relations très différentes avec l'un et l'autre. Il explique d'ailleurs qu'il ne ressent pas du tout les mêmes choses en les appelant chacun « papa ».

Momo ne grandit pas au sein d'une famille traditionnelle : il ne connaît pas sa mère, et son père, bien que présent physiquement, le délaisse totalement. La relation qu'il entretient avec ce dernier est très froide. Son père parle peu, ne lui prête aucune attention et le considère plutôt comme un fardeau. Il n'a jamais de gestes tendres envers son fils et lui reproche de ne pas être à l'image de son frère aîné, un fils modèle, mais imaginaire, qu'il utilise pour blesser intentionnellement Moïse. Il ne lui transmet qu'une valeur, celle de l'argent qu'il faut économiser et ne pas dépenser. Il finit par l'abandonner totalement avant de mettre fin à ses jours.

Lorsque Moïse rencontre Monsieur Ibrahim, il découvre une nouvelle forme de paternité. Les deux personnages développent petit à petit un attachement basé sur l'échange et la spontanéité, à l'opposé du lien qui unissait Momo à son père biologique. Monsieur Ibrahim se substitue d'ailleurs à ce dernier : il prend soin de Momo, lui achète de nouvelles chaussures, l'emmène en balade dans Paris et lui fait découvrir le monde. Il prend également en charge les démarches administratives lors du décès du père de Momo, et lui parle de sa religion et de sa spiritualité. Cette relation est clairement établie et officialisée avec l'adoption de Momo par Monsieur Ibrahim, qui marque la rupture de l'adolescent avec sa vie d'avant. Ibrahim devient ainsi son père spirituel, et Momo le fils que Monsieur Ibrahim n'a jamais eu.

L'amour

Momo est un enfant à qui personne ne témoigne de l'amour. Son père semble incapable de lui en donner et même de recevoir celui que son fils lui porte. L'épisode du sourire révèle à quel point Momo est en attente d'affection.

Alors que Monsieur Ibrahim vient de lui expliquer qu'il doit sourire pour être aimable, mais aussi parce que ça rend heureux, Momo teste sa nouvelle arme sur plusieurs personnes. Tout le monde change d'attitude face à son sourire. Il décide donc de tenter l'expérience avec son père qui réagit en lui demandant de s'approcher de lui. Le jeune garçon a, pendant un instant, l'espoir d'entrer en contact avec lui. Mais, après l'avoir observé de plus près, son père lui annonce finalement qu'il faut envisager de lui faire porter un appareil dentaire ! Dépité, Momo comprend que sa tentative a échoué et son sentiment de ne pas être aimé se renforce un peu plus.

Il recherche alors de l'affection auprès d'autres personnes et en trouve sous différentes formes :

- l'amour physique avec les prostituées de la rue de Paradis ;
- l'amour sentimental avec Myriam, la fille du concierge de son école qu'il tente de séduire ;
- la tendresse paternelle de Monsieur Ibrahim, celle dont il a sans doute le plus manqué.

L'abandon

Momo souffre du sentiment d'abandon, car il est persuadé que sa mère est partie avec son frère aîné lorsqu'il était bébé. C'est en tout cas la version que lui a racontée son père. Mais l'adolescent apprend plus tard dans le récit que ce frère n'existe pas et que la mère de Momo, qui n'a jamais aimé son père et ne l'a épousé que pour avoir sa liberté, l'a quitté pour un autre homme.

Il vit donc seul avec son père qui disparaît puis se suicide après lui avoir appris qu'il avait perdu son travail. Celui-ci n'a jamais assumé son rôle et ne supporte plus sa vie misérable. Selon l'analyse de Monsieur Ibrahim, il porte aussi le poids de la culpabilité d'avoir survécu au génocide juif de la Seconde Guerre mondiale, alors que sa famille a été exterminée par les nazis. Honteux d'avoir été abandonné une nouvelle fois, le jeune garçon tente à tout prix de cacher au monde le départ de son père.

Enfin, Momo est en quelque sorte abandonné par Monsieur Ibrahim qui meurt soudainement lors de leur voyage en Turquie. Mais, malgré sa tristesse, l'adolescent ne ressent pas de colère, car le vieil homme a été présent pour lui et lui a apporté beaucoup de choses. Il découvre en rentrant en France que le vieil épicier n'a pas voulu le laisser sans ressources puisqu'il l'a émancipé et lui a légué son argent, son épicerie et son Coran.

La rencontre décisive

Le thème de la rencontre décisive est un lieu commun en littérature et se retrouve dans toute l'œuvre d'Éric-Emmanuel Schmitt. Grâce à une rencontre ou à un échange, les personnages sont totalement bouleversés et métamorphosés. C'est le cas de Momo qui commence à voir les choses sous un autre angle, à ouvrir son esprit et à se reconstruire grâce à ses discussions avec Monsieur Ibrahim.

Sans cette rencontre, il aurait pu utiliser sa rancœur et sa rage de vivre pour devenir malhonnête, et continuer à voler. Mais la fin du récit nous montre un homme épanoui : il a repris l'épicerie de son père adoptif et semble satisfait de sa vie avec sa famille. Il accepte même que sa mère en fasse partie.

Ancien professeur de philosophie et véritable philanthrope, Éric-Emmanuel Schmitt donne ainsi à ses lecteurs matière à penser. Son œuvre est empreinte d'altruisme et redonne de l'espérance dans la condition humaine. Parce que, finalement, au-delà des religions et des croyances qui doivent rester dans la sphère privée, c'est l'humain qui est au premier plan et qui peut se distinguer par ce qu'il est et ce qu'il fait.

STYLE ET ÉCRITURE

UN ROMAN D'APPRENTISSAGE

Le roman d'apprentissage ou de formation est un genre littéraire apparu au XVIIIᵉ siècle en Allemagne. L'œuvre fondatrice du genre est le roman *Les Années d'apprentissage de Wilhelm Meister* (1795) de Goethe (écrivain allemand, 1749-1832). Il raconte l'histoire d'un jeune homme qui rêve de faire carrière au théâtre et entreprend un voyage pour apprendre le métier. Pendant son périple, il découvre, parfois à ses dépens, les règles de la société, l'amitié et l'amour. Il connaît le succès, les épreuves et sort mûri de cette expérience.

Ce type de roman désigne donc un récit qui montre le passage de l'enfance à l'âge adulte, avec l'acquisition de l'expérience et la construction d'une personnalité. Il se présente souvent sous la forme d'une biographie ou d'une autobiographie. On y décèle plusieurs éléments emblématiques :

- un jeune héros qui doit se développer et apprendre les choses de la vie. Il s'agit de Momo dans le cas de *Monsieur Ibrahim et les Fleurs du Coran* ;
- un mentor, un guide qui conseille le héros et l'initie. Il s'agit de Monsieur Ibrahim dans le cas qui nous occupe ;
- une vocation morale, un message à transmettre, soit ici, un hymne à la tolérance.

Monsieur Ibrahim est bel et bien le guide de Momo : il est celui qui l'accompagne dans son passage de l'enfance à l'âge adulte et qui l'aide à construire sa personnalité. Pour reprendre la métaphore utilisée par Momo, c'est grâce à lui que le mur des adultes se fissure et laisse passer une main tendue. Le voyage vers la Turquie est initiatique, car il est l'apogée de l'apprentissage de Momo, qui est véritablement initié à la spiritualité et au soufisme.

UN AUTEUR À L'ÉCOUTE DE SES PERSONNAGES

Éric-Emmanuel Schmitt est un auteur très productif ; il compte déjà une cinquantaine de titres à son actif, pièces de théâtre, romans et nouvelles confondus. Ses textes sont toujours assez brefs, et son style classique est épuré et précis. Il exprime beaucoup de choses en peu de mots, et ce dans une grande simplicité.

Dans une interview qu'il a donnée sur son travail d'écriture, Schmitt affirme que les histoires qu'il raconte sommeillent en lui depuis long-temps lorsqu'il décide de prendre la plume. Il les laisse se structurer lentement et n'a alors plus qu'à tendre l'oreille pour les coucher sur le papier. Il est à l'écoute de ses personnages, de ce qu'ils ont à lui dire pour le transcrire de la manière la plus juste possible. Il s'isole pour laisser les héros de ses livres le guider jusqu'à la dernière ligne de son texte :

> « Si Flaubert appelait son bureau son "gueuloir" parce qu'il y testait son texte à voix haute, moi j'appelle mon bureau mon "écoutoir". Dans le silence, les personnages me parlent. Ils viennent. Ils sont présents. » (SCHMITT (Éric-Emmanuel), *ibid.*, p. 101)

L'écrivain a la volonté d'aller à l'essentiel : il préfère évoquer que détailler, en dire le moins possible avec des mots justes que de se répandre sur de longues pages de description.

Avec son œuvre, il revisite les grands mythes et les religions, et les abreuve de questions philosophiques. Ses sujets de prédilection sont : la spiritualité, la tolérance, la maladie, la vie et la mort, le sens de l'existence, l'amour, et surtout le bien, qui triomphe souvent. Car Schmitt a espoir en l'humanité et donne souvent une fin heureuse à ses écrits.

LA NARRATION

L'histoire de *Monsieur Ibrahim et les Fleurs du Coran* est racontée par le protagoniste, à la première personne du singulier. C'est le Moïse adulte qui narre de manière rétrospective son adolescence, réalisant en quelque sorte son autobiographie. Le narrateur adulte n'intervient explicitement qu'à la fin du récit. Il fait un retour à la situation présente, en le signalant par l'adverbe « maintenant ».

Le point de vue est interne : Momo raconte sa version de l'histoire, grâce aux éléments qu'il connaît. Le lecteur se sent proche du narrateur, car il vit les événements en même temps que lui et le fait au travers de ses sentiments, de sa subjectivité. Il ne connaît des autres personnages et du monde que ce que Momo en dit ; il n'en a qu'une vision partielle et limitée. C'est pour cette raison que le personnage du père de Moïse reste assez mystérieux.

Ce type de narration plonge le lecteur dans la réalité des faits et l'instantanéité, comme s'il les vivait lui-même. Cette impression est renforcée par le vocabulaire employé par le jeune garçon : son ton naïf et son registre de langue familier sont typiques de l'enfance.

LE TEMPS DU RÉCIT

Le roman est linéaire : il suit l'ordre chronologique des événements, sans effets d'anticipation ou de flash-back. Le rythme de la narration et la longueur des scènes racontées dépendent du narrateur et de sa subjectivité. Momo raconte son histoire sans donner beaucoup de repères temporels et en décrivant de manière assez concise les événements, ce qui donne au récit un rythme assez soutenu.

Certaines scènes sont mises en valeur et sont évoquées de manière plus détaillée, sans doute parce qu'elles revêtent une plus grande importance aux yeux du narrateur. Les scènes les plus longues sont au nombre de trois et marquent une rupture avec le rythme plus cadencé du reste du récit. Il s'agit de :

- l'ouverture du récit narrant l'initiation sexuelle de Moïse avec une prostituée ;
- l'épisode du tournage d'un film dans la rue Bleue qui fait apparaître la figure de Brigitte Bardot ;
- la rencontre de Momo avec sa mère.

Le lecteur est plongé dans le temps « interne » du narrateur, qui amplifie les moments qui l'ont marqué ou qu'il a appréciés, par exemple le voyage qu'il a fait avec Monsieur Ibrahim. À l'inverse, les épisodes moins agréables sont à peine évoqués, comme les moments passés avec son père biologique. Ces périodes sont condensées par rapport à leur durée réelle. Il s'agit parfois uniquement d'un effet de style, pour alterner les scènes longues et les scènes plus rapides. Ainsi, le laps de temps qui s'écoule entre le départ du père de Momo et l'annonce de son suicide est de trois mois, résumés en quelques pages seulement.

Il arrive au narrateur de faire des ellipses et de passer certains événements sous silence tout simplement parce qu'il ne les a pas vécus. On peut penser au suicide du père ou encore à son enterrement qui ne sont pas évoqués parce qu'il n'y a pas assisté.

UNE ÉCRITURE THÉÂTRALE

Éric-Emmanuel Schmitt commence sa carrière d'écrivain en créant des pièces pour le théâtre avant de s'adonner au roman. À la manière d'une déformation professionnelle, il conserve les caractéristiques du discours théâtral lorsqu'il rédige un récit ou une nouvelle. Le texte de *Monsieur Ibrahim et les Fleurs du Coran* en est un très bon exemple.

Certains passages du texte peuvent ainsi être comparés à des scènes de théâtre : ils se déroulent dans un seul endroit et sont marqués par l'arrivée d'un personnage et/ou par son départ. La séquence avec Brigitte Bardot par exemple, qui entre dans l'épicerie de Monsieur Ibrahim pour acheter de l'eau, ou encore l'irruption d'un voleur pendant que Momo discute avec une prostituée en sont de bons exemples.

En outre, l'écriture de l'auteur est assez concise. Il donne les éléments essentiels à la compréhension du lecteur, sans s'épancher dans de longues descriptions inutiles au développement de l'intrigue. *A contrario*, les dialogues sont nombreux, notamment parce que le roman est centré sur les échanges entre Momo et le vieil épicier. On découvre aussi quelques monologues à travers lesquels le jeune garçon exprime à haute voix sa pensée, à l'instar d'un comédien qui réciterait un monologue au théâtre.

On trouve également quelques quiproquos et coups de théâtre. Le premier est un malentendu qui fait prendre une personne ou une chose pour une autre. C'est l'effet que provoque Momo lors de la rencontre avec sa mère en affirmant être Mohammed et non Moïse. Le lecteur est un peu déboussolé par cette déclaration même s'il comprend rapidement le stratagème du narrateur. Quant à la mère de Moïse, elle est déstabilisée, mais semble avoir immédiatement reconnu son fils et n'est donc pas dupe de son mensonge, qu'elle feint néanmoins de croire jusqu'à la fin du récit.

Le coup de théâtre est un événement imprévu, un rebondissement. Le premier survient au moment de l'annonce du suicide du père de Momo et provoque un véritable choc dans l'esprit du jeune garçon. Il reste d'abord muet, mais, quand l'un des policiers lui demande d'identifier le corps, il se met à crier sans pouvoir s'arrêter, comme pour évacuer les émotions dont il est assailli. Le second coup de théâtre, encore plus troublant, est la révélation de l'inexistence de Popol, le frère aîné de Momo que son père a utilisé pour atteindre Momo. L'adolescent et sa mère semblent troublés par cette double révélation : le caractère fictif de son frère aîné pour Momo, et la prise de conscience de ce qu'a été l'enfance de Momo pour sa mère.

UN ROMAN QUI EN RAPPELLE UN AUTRE

Monsieur Ibrahim et les Fleurs du Coran peut rappeler à certains égards le roman *La Vie devant soi*, écrit par Romain Gary (écrivain français, 1914-1980) sous le pseudonyme d'Émile Ajar en 1975. Des similitudes peuvent en effet être relevées entre les deux textes.

Tous deux sont des romans d'apprentissage présentant un protagoniste enfant nommé Momo qui raconte son histoire à la première personne du singulier. Les deux jeunes garçons vivent dans un quartier populaire proche des maisons closes et, malgré une enfance difficile, ils se trouvent un parent de substitution. Dans *La Vie devant soi*, l'enfant musulman est élevé par une juive qui a survécu à la Shoah, Mme Rosa. Dans *Monsieur Ibrahim et les Fleurs du Coran*, c'est un jeune adolescent juif qui est adopté par un vieil épicier musulman. Le jeu sur la confusion des prénoms entre Moïse et Mohammed apparaît aussi dans les deux textes.

Mais au-delà de ces ressemblances, Gary et Schmitt ne transmettent pas le même message et présentent des visions bien différentes de la vie. Mme Rosa meurt dans l'infirmité et la sénilité, sans avoir rien prévu pour l'avenir de son protégé. Tandis que Monsieur Ibrahim prend le soin d'enseigner les valeurs fondamentales de la vie à Momo avant de mourir.

L'humanisme dont l'œuvre de Schmitt est fortement imprégnée, la concision de son style, ainsi que la présence de « formules » à retenir [...] sont autant de traits qui distinguent *Monsieur Ibrahim et les Fleurs du Coran* de *La Vie devant soi*, et qui le rapprochent davantage d'un texte classique comme *Le Petit Prince* de Saint-Exupéry. » (Hsieh (Yvonne Ying), *Éric-Emmanuel Schmitt ou la philosophie de l'ouverture*, Birmingham (Alabama), Summa Publications, 2006, p. 100)

LA RÉCEPTION DE *MONSIEUR IBRAHIM ET LES FLEURS DU CORAN*

LA PIÈCE DE THÉÂTRE

Monsieur Ibrahim et les Fleurs du Coran a tout d'abord été une pièce de théâtre, créée et mise en scène en décembre 1999 par Bruno Abraham-Kremer. Elle prend la forme d'un monologue interprété par un seul comédien qui joue le rôle de Momo adulte se remémorant son enfance. Les autres personnages de l'histoire sont évoqués et décrits par ce même acteur, qui les incarne tour à tour grâce à un jeu sur les voix, les intonations, les accents, les sons, les lumières et les accessoires.

Le succès du spectacle est immédiat. Il est rejoué au festival d'Avignon en juillet 2001, au studio des Champs-Élysées à Paris en septembre 2002 et au théâtre Marigny jusqu'en 2006. Depuis, la pièce est régulièrement à l'affiche, et ce partout dans le monde. Elle a voyagé dans toute l'Europe et est passée par les États-Unis, l'Amérique latine, la Turquie et même le Japon. Elle a également été jouée en Israël, ce qui constitue pour Éric-Emmanuel Schmitt une très grande fierté, dans un théâtre qui alterne la version arabe et la version hébraïque un soir sur deux, comme en prolongement du message d'espoir et de tolérance du texte.

LE ROMAN

Le texte est publié en 2001 chez Albin Michel, sous la forme d'un roman. À l'instar de sa destinée sur les planches, *Monsieur Ibrahim et les Fleurs du Coran* connaît rapidement le succès en librairie. Les critiques sont dithyrambiques et le qualifient de fable émouvante, d'hymne à la vie, à la tolérance et à la convivialité. Ce triomphe inattendu pousse l'auteur à le diffuser dans le monde entier.

Le roman a également reçu quelques récompenses littéraires, telles que le Grand Prix du public du Deutscher Buchpreis en Allemagne en 2004 ainsi que le Grand Prix étranger décerné par les Scriptores Christiani qui salue aussi *Milarepa*, *Oscar et la Dame rose*, *L'Enfant de Noé* et *Le Visiteur*, en Belgique en 2006.

UNE ŒUVRE ADAPTÉE AU CINÉMA

Le réalisateur français François Dupeyron, à qui l'on doit notamment *La Chambre des officiers* (2001), a un vrai coup de cœur pour le texte d'Éric-Emmanuel Schmitt. C'est pourquoi il décide d'adapter au cinéma cette belle fable qui, selon lui, montre que rien n'est jamais perdu et qu'il est toujours possible de se relever.

Il soumet son scénario à l'auteur, qui l'accepte alors qu'il a déjà refusé plusieurs propositions d'adaptation. Dupeyron choisit Omar Sharif pour jouer le rôle de Monsieur Ibrahim et le jeune Pierre Boulanger pour celui de Moïse. Le film est présenté au festival de Cannes en mai 2003 et sort dans les salles en septembre de la même année. En 2004, Omar Sharif est récompensé du César du meilleur acteur pour son interprétation de Monsieur Ibrahim.

Le film est globalement très fidèle au texte d'Éric-Emmanuel Schmitt. François Dupeyron a respecté la chronologie des événements ainsi que les répliques des personnages. Le film peut donc être visionné en vis-à-vis de la lecture du livre, l'un et l'autre se répondant totalement. Le texte ayant été écrit en respectant certaines caractéristiques du théâtre, cela a sans doute rendu l'adaptation cinématographique plus aisée.

Le réalisateur a toutefois transformé certains détails, sans pour autant modifier le cours de l'histoire. Ainsi, Momo est représenté mince alors que Schmitt le décrit plus enveloppé ; Myriam n'est pas la fille du concierge de l'école, mais de l'immeuble ; le voyage à Cabourg est remplacé par une scène dans un hammam ; c'est l'épicier qui conduit pendant le voyage vers la Turquie et Moïse ne fait pas la sieste en attendant Ibrahim qui retourne dans son village d'origine, mais il fait la rencontre d'un groupe d'enfants.

Il s'autorise néanmoins l'une ou l'autre adaptation plus importante, qui ont pour effet de recentrer le propos sur Momo et Monsieur Ibrahim en effaçant légèrement certains aspects religieux et de la relation qu'entretient Moïse avec ses parents. La discussion entre l'adolescent et son père à propos de leur judaïté est ainsi supprimée, de même que l'explication et la tentative de compréhension du suicide paternel par Ibrahim.

La scène de la rencontre entre Momo et sa mère apparaît bien dans le film, mais elle n'apporte pas autant d'explications que dans le livre sur les raisons de son départ et rien n'indique que les deux personnages renouent le lien petit à petit. Le film se termine avec une idée de cycle : Moïse adulte remplace Ibrahim dans l'épicerie et reproduit le schéma qu'il a vécu avec un jeune garçon.

Le rôle de quelques personnages secondaires est enfin amplifié. Myriam apparaît dès le début du film et elle ne rejette pas directement Momo, avec lequel elle partage une amourette. Les prostituées sont aussi présentes et, outre leur fonction d'initiatrices, elles représentent une figure maternelle, consolant le jeune garçon lors du décès de son père. Le film peut être comparé à un conte initiatique dans lequel se trouvent l'enfant martyrisé par son père, l'épicier sauveur et bienveillant et les fées protectrices.

Votre avis nous intéresse !

Laissez un commentaire sur le site de votre libraire en ligne et partagez vos coups de cœur sur les réseaux sociaux !

BIBLIOGRAPHIE

SOURCES BIBLIOGRAPHIQUES

- DEVAUD (Sébastien), *La Parenthèse inattendue*, émission télévisée, France.
- « Dossier pédagogique : *Monsieur Ibrahim et les Fleurs du Coran. Éric-Emmanuel Schmitt* », in *Atelier théâtre Jean Vilar*, consulté le 5 octobre 2015.
  http://www.atjv.be/
- HSIEH (Yvonne Ying), *Éric-Emmanuel Schmitt ou la philosophie de l'ouverture*, Birmingham (Alabama), Summa Publications, 2006, 212 p.
- MEYER (Michel), *Éric-Emmanuel Schmitt ou les identités bouleversées*, Paris, Albin Michel, 2004, 158 p.
- « *Monsieur Ibrahim et les Fleurs du Coran* », in *HEP Bejune*, consulté le 5 octobre 2015.
  www.hep-bejune.ch/
- « *Monsieur Ibrahim et les Fleurs du Coran* de François Dupeyron », in *Institut français.de*, consulté le 14 octobre 2015.
  https://www.institutfrancais.de/cinefete/
- SCHMITT (Éric-Emmanuel), *Monsieur Ibrahim et les Fleurs du Coran*, Paris, Le Livre de Poche, 2012, 96 p.
- SCHMITT (Éric-Emmanuel), *Monsieur Ibrahim et les Fleurs du Coran. Présentation, notes, questions et après-texte établis par Josiane Grinfas-Bouchibti*, Paris, Magnard/Classiques & contemporains, 2004, 109 p.
- *Site officiel d'Éric-Emmanuel Schmitt*, consulté en octobre 2015.
  http://www.eric-emmanuel-schmitt.com/Accueil-site-officiel.html
- « Soufisme », in *Universalis.fr*, consulté le 17 octobre 2015.
  http://www.universalis.fr/encyclopedie/soufisme-sufisme/

SOURCES COMPLÉMENTAIRES

- ADAM (Christophe), « Le journal d'Éric-Emmanuel Schmitt. Traiter le monstre et se faire traiter de monstre », in *Psychiatrie et violence*, Érudit, 2009.
- DURAND (Thierry R.), « Éric-Emmanuel Schmitt : de Dieu qui vient au théâtre », in *The French Review*, 2005, p. 506-521.
- GARY (Romain), *La Vie devant soi*, Paris, Mercure de France, 1975, 276 p.

SOURCES ICONOGRAPHIQUES

- Portrait d'Éric-Emmanuel Schmitt. La photo reproduite est réputée libre de droits.
- Cérémonie du Samā. La photo reproduite est réputée libre de droits.

ADAPTATION

- *Monsieur Ibrahim et les Fleurs du Coran*, film de François Dupeyron, avec Omar Sharif, Pierre Boulanger, Gilbert Melki et Isabelle Adjani, France, 2003.

L'éditeur veille à la fiabilité des informations publiées, lesquelles ne pourraient toutefois engager sa responsabilité.

Éditeur responsable : Lemaitre Publishing
Avenue de la Couronne 382 | B-1050 Bruxelles
info@lemaitre-editions.com

ISBN ebook : 978-2-8062-6899-0
ISBN papier : 978-2-8062-6900-3
Dépôt légal : D/2016/12603/1